August Kopisch

Die Heinzelmännchen

Titania Verlag

Wie war zu Köln es doch vordem
mit Heinzelmännchen so bequem!
Denn, war man faul, man legte sich
hin auf die Bank und pflegte sich:
Da kamen bei Nacht,
ehe man's gedacht,
die Männlein und schwärmten
und klappten und lärmten,
und rupften
und zupften,
und hüpften und trabten,
und putzten und schabten ...

Und eh ein Faulpelz noch erwacht,
war all sein Tagewerk … bereits gemacht!

Die Zimmerleute streckten sich
hin auf die Spän' und reckten sich.
Indessen kam die Geisterschar
und sah, was da zu zimmern war.
Nahm Meißel und Beil
und die Säg' in Eil';
sie sägten und stachen
und hieben und brachen,
berappten
und kappten,
visierten wie Falken
und setzten die Balken …

Eh sich's der Zimmermann versah …
klapp, stand das ganze Haus …
schon fertig da!

Beim Bäckermeister war nicht Not,
die Heinzelmännchen backten Brot.
Die faulen Burschen legten sich,
die Heinzelmännchen regten sich –
und ächzten daher
mit den Säcken schwer!
Und kneteten tüchtig
und wogen es richtig,
und hoben
und schoben,
und fegten und backten
und klopften und hackten.

Die Burschen schnarchten noch im Chor:
Da rückte schon das Brot … das neue, vor!

Beim Fleischer ging es just so zu:
Gesell und Bursche lagen in Ruh.
Indessen kamen die Männlein her
und hackten das Schwein die Kreuz
und Quer.
Das ging so geschwind
wie die Mühl' im Wind!

Die klappten mit Beilen,
die schnitzten an Speilen,
die spülten,
die wühlten,
und mengten und mischten
und stopften und wischten.

Tat der Gesell die Augen auf …
wapp! hing die Wurst schon da
im Ausverkauf!

Beim Schenken war es so: Es trank
der Küfer, bis er niedersank,
am hohlen Fasse schlief er ein,
die Männlein sorgten um den Wein,
und schwefelten fein
alle Fässer ein,

und rollten und hoben
mit Winden und Kloben,
und schwenkten
und senkten,
und gossen und panschten
und mengten und manschten.

Und eh der Küfer noch erwacht,
war schon der Wein geschönt und
fein gemacht!

Einst hatt' ein Schneider große Pein:
Der Staatsrock sollte fertig sein;
warf hin das Zeug und legte sich
hin auf das Ohr und pflegte sich.
Da schlüpften sie frisch
in den Schneidertisch;
da schnitten und rückten
und nähten und stickten,
und fassten
und passten,
und strichen und guckten
und zupften und ruckten.

Und eh mein Schneiderlein erwacht,
war Bürgermeisters Rock …
bereits gemacht!

Neugierig war des Schneiders Weib,
und macht sich diesen Zeitvertreib:
Streut Erbsen hin die andre Nacht,
die Heinzelmännchen kommen sacht:

Eins fährt nun aus,
schlägt hin im Haus;
die gleiten von Stufen
und plumpen in Kufen,
die fallen
mit Schallen,
die lärmen und schreien
und vermaledeien!
Sie springt hinunter auf den Schall
mit Licht: husch husch husch husch –
verschwinden all!

O weh! Nun sind sie alle fort
und keines ist mehr hier am Ort!
Man kann nicht mehr wie sonsten ruhn,
man muss nun alles selber tun!
Ein jeder muss fein
selbst fleißig sein,

und kratzen und schaben
und rennen und traben,
und schniegeln
und biegeln,
und klopfen und hacken
und kochen und backen.
Ach, dass es noch wie damals wär!
Doch kommt die schöne Zeit nicht wieder her!

Industriestraße 19
64407 Fränkisch-Crumbach 2019
www.titania-verlag.de

Illustrationen, Layout, Satz und
Umschlaggestaltung:
design cat GmbH

ISBN 978-3-86472-615-6